포기를 모르는 잠수함

창비
청소년
시선
29

포기를
모르는
잠수함

김학중 시집

창비

차
례

제1부
**특별한
케이스**

제2부
나의
하이드 씨의
경우

제3부
녹음 도서

제4부

내리막
우리 집

제1부

특별한
케이스

입학식

교문에서 중앙 현관까지 계단 없음
중앙 현관에는 계단이 넷
오르면 일 층이다
건물은 총 오 층이라는데

일 층에서 반 층 내려가 후문으로 가는 문
그 아래 계단이 반 개
하나 같지 않은 얕은 계단이라
반 개

나는 중심을 잃고 휘청한다
고개를 낮추고 인사를 나눈다

이제 괜찮다 두려울 것 없다
오늘은 이렇게 낯설어도
계단 수를 외우면
건물은 친구가 된다

입학이다.

무한 반복

학기 초는 무한히 같은 시간이 반복되는 때이다.

아니, 왜 안경을 썼는데 그것밖에 못 보니?
요즘엔 라식도 있고 라섹도 있다는데
병원 가서 좀 고쳐
답답해서 원.

지금으로선 방법이 없다던데요
대답하면

그걸 말이라고 하니 얘, 네 눈인데.
더 큰 병원을 가 봐야지.
아니면 장애인 학교를 가든가.

나는 더는 대꾸하지 않는다.

그 모든 질문이 내 장애에 대한 걱정이 아니라
일 년 동안 돌봐야 할 특별한 아이가 생겼다는 것에 대

한 불평임을
　잘 알았다.

　그럴 때마다 이런 선생들을 고쳐 줄
　병원은 어디 없나 생각해 보곤 했다.

마니또 게임

학기 초에 담임 선생님이 반 친구들끼리 친목을 위해
마니또 게임을 하자고 하셨다

서로 아는 게 없던 친구들은
마니또 게임 이야기를 하면서 차츰 친해졌다
시력이 나쁜 나는 마니또가 준 신호도
모르고 지나가는 게 아닌가 싶어
다른 친구들을 열심히 관찰했다

수미는 종연이가 마니또인 것 같고
보연이는 아영이가 마니또인 것 같은데
아무리 따져 봐도 내 마니또는 알 수가 없었다
다만 나는 가끔 내 마니또인 현아의 책상에
몰래 초콜릿이나 음료수를 넣어 주면서
마니또가 해 줄 선물을 기대했다
며칠이 지나도 선물 하나 없어서
나를 뽑은 친구가 현아만큼이나
꽤 숫기가 없는 친구겠거니 생각하곤 했다

상대에게 들키지 않게 서로를 챙겨 주는 것에
재미를 느낀 친구들은 마니또가 밝혀지는 날을
손꼽아 기다리며 즐겁게 마니또 게임을 하고 있었다

보름 뒤 마니또를 공개하는 날
우리 반은 말 그대로 뒤집어졌다

서로 마니또를 공개하면서
마니또 사이에 있었던 에피소드를 이야기하는 동안
폭소도 터지고 상대에 대한 비판도 이어졌다
재미있는 마니또 발표 시간이 흘러가는데
마지막이 다 되어 가도록 내 이름은 불리지 않았다
어떻게 된 일인지 궁금해하던 차에
마니또가 공개되지 않은 사람 있나요?
반장이 물어보아서 나는 슬며시 손을 들었다
어, 어떻게 한 사람만 남을 수 있죠?
반장이 의아한 듯 말하자

현아가 힘없이 손을 들었다

그러니까 현아랑 나는 서로를 마니또로 뽑았던 것이다

친구들은 그 모습에 함성을 질렀다
어떻게 이런 일이 생길 수 있는 거야
나보다 더 신기해하면서
둘이 사귀라고 큰 소리로 노래까지 불렀다

반 친구들이 몇 주 동안 놀리는 바람에
나는 그만 현아랑 서먹해지고 말았다

마니또 다시 하자고 하면
나는 끝까지 반대할 것이다.

선생님, 꼭 안과에 가 보세요

책을 가까이서 보고 있는데
선생님이 머리를 붙잡고
책상에 처박는다.

졸지 마!
선생님의 불같은 소리

부서진 안경테를 붙잡고
고개를 들면서
겨우 대답한다.

저 선생님, 죄송한데. 저 공부하고 있었거든요.
제가 눈이 안 좋아서 책을 가까이서 볼 뿐이에요.

당황한 선생님은 미안하다는 말은 하지 않고
너 이 자식, 일부러 안 보이는 척하는 거 아니야?
조는 거 내가 똑똑히 봤는데.

아, 제발. 선생님.

일부러 안 보이는 척한 거 아닙니다.
만약 그렇게 보인다면 선생님 눈이 잘못된 겁니다.
선생님, 꼭 안과에 가 보세요.

인사의 나라

화장실에서 소변을 보는데 누가 와서 머리를 세게 때렸다.

너는 머리에 깁스하고 다니냐!
왜 인사를 안 해.

죄송한데 누구시죠?
누구긴, 선배다.

나는 최대한 정중하게 시각 장애에 대해 이야기한다.

그래도 인사는 해야지, 하며 선배는 황급히 자리를 뜬다.

인사의 나라에 사는 일은 고달프다.

특별한 케이스

대학 병원 안과에 가면
흰 가운을 입은 의대 교수님이
고개를 갸웃거린다.
그럴 리가 없는데
이 눈으로 시력이 이렇게 안 나올 리가 없는데
내가 아는 한 이런 경우는 없는데
자못 심각하게 내 눈을 살펴본다.
그러곤 인턴과 레지던트 들을 부른다.

줄을 서서 차례로
내 눈을 들여다보는
수련의들

눈을 좀 더 크게 떠 봐요
깜박이지 말고. 네 그렇게
가만히 있어요.
수련의들이 조바심을 내며
잠깐씩 들여다보는 시간

어떤 부탁도 없이
설명도 없이 들여다본다.

가만히 있어요.
가만히 있어요.
하는 말에
내 눈을 내주는 시간

저, 저는 시력 검사 하러 온 건데요.

조금만 더 보면 된다고
조금만 참으라고
특별한 케이스라
의사들에게 공부가 되니
잠깐만 그러고 있으라고

길고 긴 검사를 마치고
창구에 가서 나는

미래의 의학 발전을 위해
어떤 할인도 없는
특별한 케이스하고는 아무 상관도 없는
정확히 계산된 병원비를 내고 나온다.

생일 아침

엄마, 예전엔 장애아면 그냥 버렸어?
고아 수출하던 나라가 정말 우리나라였어?

지금은 못 먹고 못사는 나라도 아닌데
애들 버리고 그러는 나라가 우리나라야?

너는 생일날 아침에
그런 얘기 하는 애가 어딨니
도대체 어디서 듣고 와서 그러는 거냐
쓸데없는 얘기 할 거면
빨리 밥 먹고 학교나 가
엄마도 출근해야 돼
엄마는 짜증을 버럭 냈지만
나는 엄마가 짜증내는 것까지 고마워서
눈물이 난다

엄마, 나 눈 나쁘다고 안 버리고
지금까지 데리고 살아 줘서 고마워.

자유 낙하

처음 가는 동네를 갈 때는
늘 조심하는데
그래도 종종 사고가 생긴다

보도가 이어지고 있어서
평지인 줄 알았는데
길에
낙차가 있었다

떨어지는 시간이
어느
때보다
길
게
느
껴졌다

쿵 소리가 나게 떨어지니

마음속까지 쿵 소리가 난다

물리 시간에 배운 자유 낙하를
온몸으로 배운 시간
너무 아프면 눈물도 나지 않는다

바닥에 누워 있는 동안
물리가 단순한 과목이 아니라
나의 생존과 가까이 있음을
느끼고 있었다.

갈 데가 없다니요

엄마가 시각 장애인 복지관에 데려갔다
장애인들 도와주는 프로그램이
많대. 장애인 선배들 이야기도 들을 수 있으니
한번 가 보자 해서 따라갔다

거기서 나는 어떤 시각 장애인 아저씨에게
다음과 같은 말을 들었다

잘 왔다. 넌 저시력이라 전맹인 아이들보다는
사회에서 지내기 나을 텐데
그래도 시각 장애인 그룹에 있는 게 좋을 거야
뭐 시각 장애인 사회에서는 아예 눈이 안 보이는 게
지내기가 더 낫기는 하지만 말이야
잘 알겠지만
정상인하고 경쟁하면 우린 아무것도 못해
그 사람들 우리 이해도 못 하고
공부하는 것도 힘들고
나중에 취업하는 것도 힘들잖아

너희 갈 데 없어

그러니까 처음부터 장애인 학교 같은 데로 진학하는 게
좋단다

나는 시각 장애인 사이에도
차별과 구별의 시각이 있다는 것에 놀라며
시각이란 단지 눈으로 보는 것만을 말하는 게 아니란 걸
깨달았다. 그리고 무엇보다 무섭게 다가온 말
갈 데가 없다는 말

아저씨, 제가 왜 갈 데가 없어요
저는 아직 청소년이고 꿈이 있어요
소리치곤 복지관을 뛰쳐나왔다

그날 이후 나는 아무리 엄마가 설득해도
복지관에 가지 않았다.

내 꿈은 우주인

우주에 나가면 장애인이든 비장애인이든
서로에게 의지해야만 한다고 한다
중력이 없는 우주에선 작은 실수로도
우주 미아가 되기 때문에 서로를 도와야만 한다고 한다

다리가 불편한 사람도
우주복을 입고 무중력에 있으면
걷지 않으면서도 앞으로 나갈 수 있다고 한다
눈이 나쁜 건 조금 걱정되지만
우주는 광대하고 광막한 어둠과
그 어둠을 질러 오는 빛뿐이라
길 위의 장애물 같은 게 없으니 괜찮다

우주에 나가면 모두가 우주인일 뿐
장애인은 없는 거라고
누군가에게 도움을 청하는 일이
매우 자연스러운 일이라고
우리 집같이 작은 방 두 칸짜리

지하 월세방도
우주에서는 천장까지도 쓸 수 있어
길 건너 아파트 단지에 사는
몸집이 큰 우리 반 반장 같은 사람들이
몇 명씩 들어와 더부살이해도 결코 좁지 않다고 한다

사람들은 모두 중력을 좋아하지만
나는 우주가 좋다

나는 지구인이 아니라 우주인이 되고 싶다.

누나들의 질문

시력이 안 좋다고?
그럼 여자애들 볼 때 다 예뻐 보이고 그러니?
아니면 다 못생겨 보이나?

누나들의 질문에 대답 없이 미소를 짓다가

다 같이 사람으로 보인다고
누나들이 결코 바라지 않던 대답을
뒤늦게 하곤 한다.

색약

그림이 이게 뭐니
나뭇잎은 이런 색이 아니야
줄기도 그렇고
이렇게 얼룩덜룩하게 그리면 어떡하니
아주 인상파 화가 나셨구나
(나중에 찾아보니 인상파 화가들은
미술사에 길이 남을 화가들이었다)

미술 선생님의 타박에
아이들이 왁자하게 웃는다

사물의 색깔을 조금 다르게 본다는 게
웃음을 살 만한 일일까?

그럴 때면
색약이 색을 더 잘 보게 하는 약이었으면
바라곤 했다.

아픈 사람 그만 속여 먹어요

오늘은 동생과 내가 엄마와 실랑이를 벌인다
엄마는 다른 건 다 냉정하게 잘 하다가도
우리 건강과 관련된 것에서는 그렇지 못했다
어느 날 용한 침쟁이가 있다는 얘기를 들었다고
우리를 거기에 데려가려고 했다
평소에는 트럭 운전사로 일하는데
아는 사람들에게만 침을 놓아 준다는 것이었다
그를 알고 연락해 오는 사람 집에 몇몇만 모여
침을 놓아 준다는데
아주 용하다고 했다
시력을 찾은 사람도 있다는 얘기에 엄마는
우리를 데리고 거기에 가겠다고 했다
우리는 가만히 들어 보다가
그 사람 아무래도 사기꾼인 것 같다고 했다가
엄마의 매서운 눈초리에 더는 말을 못 하고 따라갔다

엄마는 차를 빌려 몰고
치료를 해 준다는 집으로 운전했다

그 집은 평범한 가정집이었는데
큰방에서 몇 사람이 침을 맞고 나오고 있었다
차례를 기다려 우리는 방으로 들어갔다
엄마는 우리 애들이 눈이 많이 나쁘니
침 좀 잘 놔 달라고 사정하듯 말했다
눈만 좋아지면 사는 게 지금처럼 힘들진 않을 거라고
평소에 남한테 하지 않던 하소연도 해 가며 말하는데
나는 그러는 엄마가 왠지 싫어졌지만
무언가 남아 있는 끈이 있기를 바라고 있는 것 같아서
마음이 아팠다

가운도 입지 않고
자기가 한의사보다 더 침을 잘 놓는다고 말하는
그 사나이는 어머니 몰래 내게 귓속말을 했다
너는 나한테 치료받지 않으면
몇 년 지나지 않아
자리에서 일어나지도 못하게 될 거라고
그러니 나한테 침을 맞고 건강도 찾고

시력도 찾으라고 했다
나는 누워서 그를 날카롭게 째려보았다

엄마가 놀랄까 봐 화는 내지 못하고
자꾸 귓속말을 하는 아저씨에게
나도 귓속말로 조용히 말했다

아픈 사람들 그만 속여 먹어요!

재능이 있어

전교 합창 대회를 대비해
음악 시간에 합창 연습을 하던 어느 날
연습을 마치고 교실로 돌아가는 나를
음악 선생님이 잠깐 부르셨다

너 노래 부르는 거 좋아하니?
너 노래하면 잘하겠다
재능이 있어
어머니 한번 뵙고 싶은데 전해 줄래?

선생님 말씀 감사해요
어머니께는 말씀 못 드릴 거 같아요
저희 집 형편이 어려워 음악 공부는 어렵거든요

음악 선생님께 꾸벅 인사하고 돌아섰다

그날 일을 엄마는 어디서 어떻게 들었는지 모르겠다

퇴근하고 온 엄마가 갑자기 와락
나를 끌어안고 울었다

재능이 있다는 좋은 말에도
상처 입는 날이 있었다.

나머지는 하늘의 일이다

답안지의 칸이 보이지 않는다
나는 하얀 종이 위의 하늘색을 보지 못하는데
OMR 카드가 하늘색으로 프린트되어 있다

이 카드가 지금 내겐 하늘인데
창밖의 하늘색은 맑고 잘 보이는데

구름 한 점 없는 하늘은 늘 푸르게 비어 있어
채울 답 같은 건 없어 보였다

나는 이번 시험은 문제지에만 답을 체크해 제출했다

나머지는 하늘의 일이다.

로스트 템플

친구들이 공부한다고 책만 보는 건 아니냐고
사람이 놀 줄도 알아야 한다고
게임방에 가자고 했다

나는 잘 보이지도 않는데 무슨 게임이냐고 했지만
이 재미있는 것을 안 보인다고 안 하면
사는 재미 하나 놓치는 거라고 끌고 가는 친구들

게임방 안 가득한 데스크톱 컴퓨터와 모니터
네트워크의 세계가 거기 있었다

신세계였다

친구들과 함께 게임을 실행하고
대기 창에서 기다리다가
맵이 펼쳐졌을 때
그 공간은 무한한 가능성의 세계로 다가왔다

맵의 이름은 '잃어버린 신전'이었다

게임에서 나는
시작과 함께 지고 말았지만
나는 거기서 내가 진짜 잃은 것이
무엇인지 본 것만 같았다

잘 보이지 않는다고 해서
모든 걸 실패하지는 않는다고
그리고 실패한다고 해도
시도해야 할 것이 있다고

나는 한 시간 내내 지는 게임을 했지만
잃어버린 신전에서
내 안에서 꺼지지 않는 희미한 빛을 본 것 같아서
괜히 울컥했다

그런 줄도 모르고 친구들은

다음에는 네가 잘하는 게임하자고 했다.

제2부
나의 씨의
하이드 경우

그 여름 처음 만난

오전에 비가 내린 날이었지
하굣길엔 하늘이 개이고
초여름 하늘은 어느 때보다 푸르렀지
그날 버스 정류장으로 가던 길에
친구와 우산을 던지는 장난을 치다가
뒤로 우산을 던진 여학생이 있었지
나는 우산을 피하지 못하고 그대로 맞았는데
당황한 너는 아무 말도 못 하고 가만히 있었지
바닥에 떨어진 우산을 주워 건네주자
미안해라고 작게 말하던 너.
복도에서 친구와 장난을 치다가
도망치는 와중에 내 품으로 뛰어든 친구가 있었지
활달하고 털털한 성격이었지만
목소리는 누구보다 아름다웠던 너.
지나가던 복도에서
너 왜 사람 보고도 모른 척하냐
네가 그러니까 내가 지난번 일 때문에 더 부끄럽잖아
라고 화를 내던

나는 시력이 안 좋아서
사람 얼굴 잘 못 알아봐 말해 주자
미안하다고
내 이름은 연서야 말해 주던 너.
아무 일도 아니었지만
그날부터 하루에 몇 번이나 부르게 된 이름
친구들은 너의 이름을 가지고
이름이 연애편지냐고 놀리고는 했지
그 여름 처음 만난

버스를 잘못 탄 날 1

버스 번호를 잘못 봤다
학교 가는 버스는 사거리에서 좌회전을 하는데
내가 지금 탄 버스는 직진을 해서
고가를 넘어간다
이렇게 버스를 잘못 탄 날이면
괜히 막막해지고 울적해져서
몇 정거장이나 더 지나 내리곤 한다
그래서 꼭 지각을 했다.

그날도 버스를 잘못 탔는데
누가 나에게 느닷없이 불평을 하는 것이었다

— 야, 너 이 버스 왜 탄 거야?
너 타는 거 보고 따라 탔는데
이거 학교 가는 버스 아니잖아!

연서였다

— 아, 버스 번호 잘못 봤어.
전에도 말했지만 나 진짜 눈 나쁘다고.

그날은
연서에게 뒷목이 끌린 채
고가를 넘자마자 첫 정거장에서
내려야 했다.

왜 너는 도움을 받으려고 하지 않니

화를 잘 내지 않는 연서가
어느 날 나에게 화를 내며 말했다
나도 알아
네가 혼자서도 잘할 수 있다는 거
그런데 왜 너는 도움을 받으려고 하지 않니
나는 그런 거 아니라고 대답했지만
연서는 믿지 않았다

너 어제 내가 식판 치우는 거 도와주려고 하니까
식판 더 꽉 잡았잖아
그건 너한테 그런 거 시키고 싶지 않아서
그랬던 거야
다른 애들이 보고 있어서 그런 거 아니고?
그런 거 아니야

연서가 물러서지 않자 나는 진심을 말하고야 말았다
도움을 받으면 계속 도움받고 싶어진단 말이야

46

연서가 손을 잡으며 말했다

알았어. 네가 무슨 말을 하는지
그래도 도움이 필요하면 꼭 나를 찾아 줘.

응급 상황

수업 중에 진솔이가 쓰러져 경련을 일으키자
선생님은 너무 당황한 나머지
그대로 굳은 자세가 되었다
나는 진솔이가 쓰러지는 모습을 바로 앞에서 보았는데
아무래도 뇌전증 발작인 거 같았다
도서관에서 뇌와 신경 관련 책을 읽다가
알게 된 내용들이 순간적으로 떠올랐다
응급 상황이었다. 무엇이라도 해야 할 거 같아
급히 일어나 진솔이에게 갔다
나는 진솔이 주변의 책상과 걸상을 치워야 한다고
친구들에게 말했고 친구들은 함께 진솔이 주변의 물건
들을 치웠다
경련이 심해지기 전에 진솔이 입에 손수건을 물려 주고
교복을 말아 머리를 받쳐 주었다
그리고 진솔이가 몸을 떠는 동안
보이고 싶지 않을 모습을 가려 주려고
연서가 늘 가지고 다니는 담요를 빌려
진솔이의 몸을 덮어 주었다

48

그사이 정신을 차린 선생님이 응급차를 부르러 갔다

나는 정신을 똑바로 차리고 진솔이의 경련을
지켜보았다
내가 지켜본 모습이
진솔이가 회복하는 실마리가 되니까
똑똑히 기억하고 있어야 했다

그사이 주변에서 웅성이는 친구들에게
진솔이는 다만 좀 아픈 것일 뿐이라고
말해 주는 연서가 있어서 고마웠다

몇 분 뒤 도착한 구급대원이 진솔이를 들것에 신고
나가는 동안 나는 진솔이에 대해 본 것을 전했고

구급대원은 앰뷸런스 문을 닫으며
내 머리를 쓰다듬어 주었다
친구에게 큰 도움이 될 거야

친구들은 앰뷸런스가 빠져나가는 교문을
오래도록 바라보았다.

고마워요 빙하기를 건너와 주어서

— 진술이의 일기 1

의사 선생님이 뇌파 사진을 보시고는
케톤이 잘 검출되고 있어서
이제 안정이 된 거 같다고 말씀하셨다
나는 케톤이란 게 도대체 무언지 모르겠는데
설명을 들어 보니
아주 오래전 우리 인류가
빙하기를 거쳐 오면서
포도당이 아니라 지방을 먹고 생존했기 때문에
발생한 것이란다
정확한 이유는 모르지만
케톤이 나오면 뇌파도 안정되고
경기도 사라진다고 한다

그래서 몇 주간 입원해
기름과 지방만 먹었던 것이다
먹기 힘들던 그 음식들이 내 병을 낫게 하는 힘이 되었
다니
뇌전증이 뭔지도 몰랐을 고대 인류의 생명력이

지금의 나를 일으켜 세운 것이라니 놀라웠다

고마워요 우리의 오랜 조상들
이름 모를 당신들이 목숨을 걸고
빙하기를 건너와 주어서
내가 나을 수 있대요
그렇게 생각하니 고대 인류는
단순히 화석이 되어 사라진 사람들이 아니었다
보이지 않는 희망을 단련시킨
위대한 사람들이었다

길고 긴 단절의 시절을 거쳐
내 마음속의 빙하기에도 그들이 견디어 낸
희망이 이어지고 있는 것이다.

나의 하이드 씨의 경우
— 진솔이의 일기 2

엄마는 내가 아픈 걸 친척들이 알아서는 안 된다고 했다
아픈 게 뭐가 문제냐고
그걸 숨겨야 하냐고 묻고 싶었지만
엄마가 두려워하는 것을 잘 알았으므로
나는 아무에게도 말하지 않겠다고
엄마와 약속했다

사람들은 아직 뇌전증이란 말에 익숙지 않아
지금도 간질이라고 한다
조금이라도 평범한 것에서 어긋나면 혀를 차는 이 사회
에서
제일 무서운 것은 가족에게서도 손가락질을 받는 것이
었다

나는 그날부터 일기장에 나의 하이드 씨에 대해 쓰기 시
작했다
나를 닮았지만 나와는 너무나 다른
내가 아파야 할 날에 하이드가 아프고

하이드가 약을 먹고
하이드가 입원하고
하이드가 울었다

우리는 어디론가 숨어야만 살 수 있는 존재야
말할 때면 하이드는 나를 안아 주었다

나의 일기장 하이드
언젠가는 너를 꼭 데리고
밖으로 나갈게

솔아 솔아 푸르른 솔아 샛바람에 울지 마라*
그 노래 좋아해 엄마 아빠가 붙여 준 내 이름 진솔이
그 이름 너에게 줄게

나를 위해 오래오래 아파해 준 나의 사랑하는 하이드 씨.

* 박영근 시 「솔아 푸르른 솔아」에서 빌려 옴.

저녁 뉴스
— 진솔이의 일기 3

저녁을 먹다가
뇌전증 환자가 교통사고를 일으켰다는 뉴스를 보고
우리 가족 모두 놀란다
무슨 큰일이 생길 것만 같은 불안이 생겨서
너 어디 가서 뇌전증 앓고 있다고 말하지 마라
엄마는 조용히 타일렀고
아버지는 SNS 타임 라인을 보면서
혹시 뇌전증에 대해 안 좋은 소리 나올까 안절부절못한다
우리는 아무 죄도 안 지었는데
그날부터 혐오의 대상이 될까 봐
먼저 걱정하고 먼저 눈물 흘린다

우리는 사이코패스도 아닌데
우리는 연쇄 살인마도 아닌데
가족 모두가 우리를 그런 눈으로 볼까 봐 두려워한다
나는 일어나 뉴스를 끈다

사건 사고와 사회적 차별을 혼동하는 사람들이

이 나라에 너무 많은데
그런 사람들이 많다는 건 뉴스에도 안 나오는데
나는 이 나라 사람들이 너무나 잘하는
물타기를 좀 해 보려고

나 남자 친구 생겼어 하고
폭탄 선언을 해 보기도 하는 날

그런 날이면 속으로 속으로
뉴스란 뉴스는
이 나라에서 다 없애 버리고 싶다.

그런 걸 어디서 공부하니

너는 내가 간질인 거 알았니?
네가 그날 잘 대처해 주어서
병원에서도 잘 치료받을 수 있었어. 고마워.

— 간질 아니고 정확히는 뇌전증이야.

내 병명 대부분 잘 모르는데,
넌 그런 걸 어떻게 알아?

— 나, 내 시력이 왜 이렇게 안 나오는지 모르거든
의사들도 모른다고 하고
그래서 뇌에 대해 공부하다가
뇌에도 질병이 있다는 걸 알았을 뿐이야.
그 공부가 입시 공부보다 재밌기도 해서
그렇지만 내가 그 병에 대해 아는 건 아주 조금뿐이야.

너, 참 특이하구나. 근데 그런 걸 어디서 공부해?

— 우리가 사는 이 도시에는 정말 커다란 도서관이 있거
든.

누구에게나 열려 있는 거대한 도서관.

다음엔 같이 가자.
네 얘기를 들으니까
나도 나를 좀 더 알고 싶어져.

만지지 마세요
— 소미의 일기 1

하굣길 만원 버스
뒤에 선 아저씨가 차가 흔들릴 때마다
몸을 기대더니
갑자기 몸을 만지기 시작한다
왜 그러는지 이해할 수가 없다
소리를 지르고 싶지만
놀라기도 하고 당황하기도 해서
얼굴이 상기된다

등을 돌려 아저씨의 얼굴에 대고 욕이라도 하고 싶은데
사람이 너무 많아 몸을 돌리지도 못하겠다
그때 아저씨의 손이 제지당하며
어떤 목소리가 들려온다

아저씨, 제 친구 만지지 마세요.

옆 반 진솔이였다
숫기 없고 소심한 아이라던 진솔이가

아이들이 장난으로 놀래키면
가끔 발작을 일으켜
병원에 실려 가기도 했다던 진솔이가
큰 소리를 내며
아저씨와 한바탕 실랑이를 벌인다
아저씨는 버럭 소리를 지르면서
새파랗게 어린 계집애가 어른을 함부로 모함한다고
진솔이를 밀쳤다

나도 용기를 내어 아저씨에게
아저씨가 지금 저 만지셨잖아요
우리 친구 아픈 애예요 그렇게 밀면 안 돼요.
라고 소리를 질렀다.

승객들이 웅성대자
다음 정거장에서 아저씨는 갑자기
내려 도망갔다

괜찮냐고 묻는 진솔이를
멍하니 바라만 보았다
뇌가 아파서 소심한 성격이라던
진솔이가 오늘은 달라 보였다

괜찮다고 대답하는데
바보같이 눈물은 왜 흐르는 건지
소미야 많이 놀랐지 하며
손을 꼭 잡아 주는 진솔이를 바라보다
너는 괜찮냐며 너 놀라면 안 되는 거 아니냐며
왈칵 진솔이를 안아 주었다
자기가 쓰러질지도 모르는데도
나를 위해 나서 준 진솔이가 너무 고마웠다
왜인지 자꾸 흘러나오는 눈물을
서로 닦아 주는데
버스는 아무 일 없었다는 듯
다음 정거장으로 가고 있었다.

버스를 잘못 탄 날 2

너 우리 학교 학생 아니니?
— 야, 나 옆 반 이소미야. 또 얘기해야 하냐.

근데 이 버스는 학교 쪽으로 안 가는 거 같은데
너는 이 버스 왜 탔어?
— 그런 너는 왜 이 버스를 탄 거니?

네가 우리 학교 교복 입고 있으니까
따라 탔지. 나 시력이 좀 나빠서
친구들 뒤따라 탈 때가 있거든.

— 나 오늘 학교 안 가. 가기 싫어서.
내려서 학교 가는 버스로 갈아타.

뭐냐. 너 땡땡이냐. 어디 재밌는 데 가려면 나도 데려가라.

— 너 범생 아니었냐? 나 어디 놀러 가는 거 아냐. 그냥
안 가는 거지.

그리고 나 애자까지 챙길 힘 없다. 그냥 가라.

그래? 그럼 나 따라와. 이런 날에는 친구가 있어 줘야지.
우리 봄날의 호수 공원에 가지 않을래?

나는 버스에서 안 내리겠다는 소미를 굳이 데리고
함께 내렸다.

그렇게 그날 우리는 함께 무단결석했다.

가끔은 그럴 때가 있다
이유 없이 서럽거나 아플 때가

아마 그날은 혼자 마음 아프지 말라고
우리도 모르는 누군가가 우리를
버스에서 만나도록 이끈 것인지도 모른다.

너는 아무 잘못 없어
— 소미의 일기 2

그날 지각한 게 잘못이었다
복장도 불량하다고 따로 앞으로 나오라고 한
선생님이 내 몸을 조금씩 더듬어 만졌다
선생님의 손은 어느새 엉덩이 쪽으로 향했는데
소름이 끼쳐서 나도 모르게

선생님, 그러지 마세요.라고 조그맣게 말했다.

그러지 말긴 뭘 그러지 마.
그러면 지각도 하지 말고 교복도 제대로 갖춰 입었어야지
하며 가슴 쪽도 쿡 찌르는 것이었다

울음이 밀려 나오려는 그때
그 아이의 큰 목소리가 들려왔다.

선생님, 그렇게 만지시면 성희롱입니다.

너 이 자식, 지금 뭐라고 했어. 지각생 주제에 선생한테

말버르장머리가 그게 뭐야. 너 이 새끼, 이리 나와.

선생님은 그 아이를
각목 회초리로 사정없이 때렸는데
맞을 때마다

성희롱하셨잖아요.
성희롱하셨잖아요.
더 크게 소리치는 것이었다.

운동장을 울리는 소리에 교무실 창문도 열리고
교실 창밖으로 아이들이 내다보자
선생님은

아, 이 또라이 새끼, 너 이따가 교무실로 와.
하며 물러나 교무실로 향했다.

그때까지도 무서워 주저앉아 울고 있는데

나도 모르게
나한테는 왜 자꾸 이런 일만 일어나는 걸까
하는 말이 흐느낌 사이로 흘러나왔다

그때 내 곁으로 와 앉은 그 아이가
너는 아무 잘못 없어
너를 탓하지 마,라는 말을 건넸다

나 때문에 그렇게 맞고도
나를 위로해 주려고 곁에 앉은 그 아이가
그렇게 고마울 수가 없었다.

친구잖아
— 소미의 일기 3

넌 내가 너 애자라 싫다고 했던 거 몰랐니?

— 아니, 그 얘기 들어 알고 있어. 전에 버스에서는 직접 말하기도 했잖아.

아, 그랬지. 미안. 그런데도 날 도와준 거야? 쌤이 때릴 줄 알면서도?

— 무슨 소리야. 전에 네가 무슨 말을 했든, 네가 부당한 일을 당하고 있었잖아. 도와주는 게 당연한 거지.

무섭지 않았어?

— 친구잖아. 돕는 일이 무서운 게 이상한 거지.

그동안 미안했어. 애자라고 놀린 거, 용서해 줄래?

— 그럼. 우린 친구니까. 너의 사과를 기쁘게 받을게.

친구를 왜 차별하니
— 소미의 일기 4

점심시간에 밥을 먹고 나서
책상에 엎드려 눈을 붙이고 있었다
점심을 먹고 나면 몰려오는 졸음을
그대로 두면 수업 듣기도 힘들어져
점심 먹고 남는 시간에 이렇게 잠깐 잠을 청했다
졸음 속으로
아이들의 잡담이 잠깐씩 밀려왔다가 사라졌다
아이들의 대화 속에서
진솔이의 이름이 오고 가는 소리가
이상하게 또렷하게 들렸다

옆 반 진솔이 걔 재수 없어
지난번에 쓰러져서 경련하는 거 봤는데
정말 싫더라

나는 자리에서 벌떡 일어나
그 말을 한 친구 쪽으로 다가갔다
지난 사회 수업 시간에 혐오 문화에 대해 발표하며

여성과 소수자를 차별하는 사회는
잘못된 사회라고 말했던 친구였다

너는 입으로 차별하면 안 된다고 하면서
왜 친구를 차별하니
진솔이는 단지 좀 아플 뿐이라고
아프다고 해서 너에게
차별받아야 할 이유는 없어
그리고 진솔이는 아픈데도
친구가 위험할 때
구해 주려고 나서는 용기 있는 친구라고
너한테 그런 얘기 들을 애가 아니야

나의 말에 친구들은 모두 얼굴이 빨개져서
아무 대답도 하지 못했다.

소박한 소원

— 진솔이의 일기 4

나도 친구들과 함께 보건실에 가서
어디가 아픈지
숨김없이 말하고
투약하는 시간 동안
손을 맞잡고
이야기를 나눌 수 있었으면 좋겠다.

당뇨가 있는 지원이도 그렇고
빈혈이 심한 수연이도 그렇고
아플 때 친구들과 함께 보건실에 가는데
나도 내가 아픈 데가 어디인지
친구들과 함께 이야기하고 그랬으면,
나는 단지 뇌가 좀 아플 뿐인데
아무에게도 말하질 못했다.
나를 이상하게 볼까 봐.

저는 뇌전증을 앓고 있어요.
잠깐 경기를 할 것 같은데

보건실에서 친구들과 잠깐 쉬고 갈게요.
그렇게 보건 선생님께도
담임 선생님께도
편하게 말씀드릴 수 있었으면 좋겠다.

그게 나의 소원이다.

제3부

녹음 도서

권투 글러브

석이가 권투 글러브를 주었다.

말수가 적고 조용했지만
반에서 키가 제일 커서 눈에 띄었던 친구
친구들과 잡담을 나누는 것보다
책상에 앉아 만화책 보기를 즐기는 석이
가끔 몇 마디만 대화를 나누던 녀석이
갑자기 줄 게 있다며 옥상으로 부르더니
권투 글러브를 준 것이다

고맙다, 석아. 근데 권투 글러브는 갑자기 왜?

석이는 얼굴을 붉히며
서양에선 상대에게
장갑을 던지면 결투를 의미하는데
연적이 있는 경우에도 그런 결투가 벌어졌다고 했다
권투 글러브는 그런 의미에서 나에게 준다는 것이었다

결투? 무슨 의미야? 라는 말에
석이는
네가 소미랑 사귄다는 소문이 있어서

나는 석이의 말이 어처구니가 없어서
어찌해야 할지 몰라
권투 글러브만 만지작거렸다.
그런데 한 쌍인 글러브의 모양이 이상했다

석아, 너도 눈 나쁘냐
왜 왼쪽 글러브만 두 개냐?

어, 왜 왼쪽만 두 개지? 그럴 리가 없는데
당황하는 석이에게

싸우지 말고 친구 하라고
아저씨가 왼쪽 글러브만 두 개 주셨나 보다
라고 슬쩍, 이야기의 주제를 바꾸어 보았는데

석이는 그저 당황하기만 해서

나는 소미랑 사귀지 않아 우린 친구야
그러니까 이 글러브는 주지 않아도 돼
라고 말해 주었다

석이는 아니, 그럼, 그냥 선물로 줄게.
말하고는 부리나케 달려 나갔다

그날 내 방에는 왼쪽만 두 개인 글러브가 걸렸고
며칠 뒤부터 석이와 부쩍 친해지기 시작했다

결투를 위한 선물이 우정의 선물이 되었던 것이다.

무서운 질문

휠체어를 탄 외국인이 영어로 길을 물었다
우리는 영어도 잘 모르고
휠체어를 탄 외국인도 낯설어
머뭇머뭇하는데
석이가 나서 영어로 길을 알려 준다

외국인은 석이의 영어가 마음에 들었는지
다른 궁금한 것도 물어보려고
노트를 내밀었다
그러다가 지나가듯 그가 던진 질문

영어가 짧은 우리도 다 알아들은 질문에
우리는 잠시 얼어붙었다

한국의 거리에서 왜 장애인들을 볼 수가 없죠?

수학 선생님의 질문보다
그의 질문이 더 무섭게 다가왔다

우리가 무슨 큰 잘못을 하고 있는 것 같았다

문득 나도 궁금해졌다
나 말고 다른 장애인도 있을 텐데
그 친구들은 왜 밖에 나오지 않는 것일까
궁금해하는 사이
친구들은 아무 대답도 하지 못하고
미소로 얼버무리고 있었다

나는 용기를 내어 그에게 다가가 인사했다

반갑습니다
저는 한국의 시각 장애인입니다
그러자 그가 환하게 웃으며 악수를 건넸다

그는 인사를 하고 우리 앞을 떠났지만
그가 남긴 질문이 우리 뒤를 따라오기 시작했다.

모기 양식

엄마가 야근으로 늦는 날
집에 놀러 온 석이가 말했다

너 모기 양식하냐

이제 겨울인데 모기가 아직도 있네
피를 얼마나 빨았는지
통통하기까지 하다며

모기향에 내성이 생긴,
내 시력으로는 잡을 수 없던 모기를
신나게 잡으며 웃는다.

수학여행

수학여행 가는 기차 안에서
친구들에게 부탁했다

우리 인간적으로 침묵의 공공칠 빵은 하지 말자
누구를 가리키는지 나는 하나도 모른단 말이야

그러나 친구들은 내 부탁을 무시했다
이유는 내가 여자 친구가 있기 때문이라고 한다

니네가 누구를 말하는지 모르겠지만
우리 사귀는 거 아니라고
몇 번이나 말했는데도
그 대답이 더 열받는다며
친구들은 내게 불리한 게임을 계속했고
인디언 밥은 나의 독차지가 되었다

그날 내가 깨달은 것이 있었다
사람들은 세상을 눈으로만 보는 것이 아니라

자기가 보고 싶은 대로
보기도 하는구나
그런 점에서 수학여행이란 말은
틀리지 않았다고 생각했다

아무튼 사람이 아니라고 하면
인간적으로 좀 믿자

녹음 도서 1

녹음 도서란 것이 있다는 것을 알게 되었다
테이프에 녹음된 텍스트를 듣는 그것은
시각 장애인이면 누구나 복지관에 신청해 빌려 들을 수
있다.

책은 읽는 게 아니라 듣는 것이었다
책의 모양은 사라지고
테이프를 틀 때에만
잠깐씩 나타나는 이야기의 세계가 되었다

모든 책이 읽어 주는 사람이 들려주는 옛이야기처럼 들
렸다

이어폰으로 나오는 이야기들이
어릴 적 머리맡에서 듣던 할머니와 엄마의 옛날 옛적
이야기만 같아서
자장가도 아닌 그 이야기들을
듣다가 잠들기도 했다

잠결에 잠이 만드는
커다란 이야기의 세계로 들어가는 것만 같았다.

녹음 도서 2

녹음 도서를 듣고 있는 내 모습이 신기해 보였던지
진솔이와 연서가 녹음 도서를 듣고 싶다며
카세트를 빌려 달라고 했다

둘은 돌아가며 녹음 도서를 듣고는
아, 도저히 졸려서 못 듣겠다
하며 이어폰을 내려놓았다

그거 졸음을 녹음해 둔 거야,라는
내 말은 들은 척도 하지 않고

사이좋게
빵이나 사 먹으러 가자며 교실을 나가는 것이었다.

녹음 도서 3

녹음 도서를 듣는 나를 몇 번 보더니
나한테는 비밀로 하고
친구들이 녹음 도서를 만들어 주었다

소미는 국어
진솔이는 영어
연서는 국사
석이는 사회

시험 범위에 있는 교과서와 참고서 내용을
읽고 녹음해서 내게 선물했다

네가 듣는 녹음 도서 중에
교과랑 관련 있는 게 하나도 없는 거 같더라
딴 거만 공부하지 말고
내신도 잘 공부해 봐

누구의 아이디어냐고 물으니

다 같이 손을 들었다

녹음하는 거 쉽지 않더라,라는 소미
녹음하다 보니 나도 자연히 공부가 되더라,라는 석이
최종 편집은 진솔이가 했어,라는 연서
내가 녹음한 건 영어라 네가 알아들을지 모르겠다,라는
진솔

녹음 도서를 듣는 저녁
친구들의 목소리가 책으로 와 주었다.

소리를 맞추다

체육 시간
친구가 던진 야구공을 타석에서 한번도 맞혀 보지 못했다
포수를 보는 친구의 미트에 공이 들어갈 때마다
공과 글러브가 만들어 내는 묵직한 소리를 듣는다

속도는 그렇게 소리가 된다
나는 그 소리에 맞춰 경쾌하게 스윙을 한다

아무것도 맞히지 못했지만
나는 소리를 맞추었다고 생각한다

친구는 멋진 스윙이었다고
웃으며 놀렸지만

나는 누구나 자신의 스윙이 있다고 대답했다.

마지막 만찬

고 1 겨울은 매서웠다
재개발 지역에 살던 소미와 석이는
집이 헐리게 되면서
경기도 위성 도시로
이사 가야 했다
아버지가 실직하고
새로 얻은 직장이 지방이라
연서도 전학을 간다고 했다
진솔이는 뇌 수술을 받기 위해
잠시 학교를 떠나 있어야 한다고 했다.

우리는 우리의 이별을 기념하기 위해
피자집에서 마지막 만찬을 하기로 했다
치료 때문에 피자를 먹지도 못하는
진솔이의 아이디어였기에 모두 그러기로 했다

피자 한 판을 시켜 놓고
한 조각씩 떠 담는데

진솔이가 말했다

우리 이 피자 조각들처럼 이제
나눠져 흩어지지만
우리가 하나였다는 거
친구였다는 거
잊지 말자
나 너희랑 친구여서 정말 행복했어
우리는 모두 울컥했다

서로 떨어진 곳에서
힘든 일을 겪더라도
우리의 기억이 서로를 지켜 줄 거라는 말 건네며

우리는 피자 한 판을 나누어 먹었고
진솔이는 치료식을 꺼내 먹었다
먹는 모습이 함께 달라서 즐거웠다.

그해 겨울바람은 매섭고 차가웠지만
마지막 만찬을 마치고 헤어지며 나눈 포옹은
따뜻하고 포근했다.

안 봐도 비디오

엄마의 퇴근이 늦어지고 있었다
라면을 먹으며
티브이 다큐멘터리 '거리의 청소년'을 보다가
동생이 그런다

— 형, 우리도 가출할까? 쟤네들 편하고 재밌게 사는 거 같은데
안 돼. 우리는 눈이 나빠서 나가서 불량 청소년도 못 해
매일 때리고 앵벌이나 시켜 먹으려고 할 거야

— 형은 안 해 보고도 잘 아네
안 봐도 비디오지
차별이 낮은 데라고 없겠냐
그리고 엄마는 우리밖에 없잖아. 가출은 안 돼.

엄마가 태어난 날

— 우리 엄마 1

아버지가 집을 나갔다
장애가 있는 두 아들 키우기 힘들다고
고아원에 보내자고 하던 아버지와
격렬하게 싸우던 어머니
그날 이후 아버지는 몇 주 만에
비디오 가게를 몰래 팔아 치우고는 사라졌다
아버지에게 가게를 매입하면서 사기당했다고
가만 안 두겠다고 집까지 찾아온 남자는
영문을 몰라 하는 나와 동생
파르르 떨고 있는 엄마 앞에서
하던 말을 멈추고 오히려 되물었다

아니, 정말 아무것도 몰라요?
여기 나보다 더 사정이 딱한 사람들이 있네

더는 아무 얘기도 못 하겠다는 듯
잘 있으라고 말하며 남자는 돌아가고
우리 셋만 덩그러니 남은

반지하 집 마루에서

엄마는, 괜찮아 우리 살 수 있어
아무 일 없을 거라고 우리를 안아 주었다
아마도 그날부터였을 것이다
엄마가 웬만해서는
어떤 일도 포기하지 않게 된 날이
내가 아는 엄마가 태어난 날이.

우리는 좀 더 형제가 되어 있었다

아버지가 집을 나가고 나서는
아무리 웃으려고 해 봐도
잘 웃지 못하는 아이들이 되어 있었다

힘든 일이 있어도 당연한 일이라고 느꼈고
머리는 늘 조금 차가웠고
무언가를 늘 생각하며
위기의 해법을 찾으려 했다

우리는 늘 어떻게 해야 할까를 묻게 되었고
서로 대화가 많아졌다
대화하면서도
서로 말하지 않는 것이 있다는 것도 알았다

지지 말아야지
지지 말아야지
매일 속으로 되뇌는 거
우리는 말하지 않아도 알았다

아빠라는 말만 들어도 이를 꽉 깨물게 되고
엄마라는 말만 들어도 눈물이 글썽였다

지금까지도 늘 형제였지만
우리는 좀 더 형제가 되어 있었다.

그해 명절

그해 명절에도 가족은 다 모였고
늘 우리 걱정이었다
가족이니까 고마운 일이었다

누나, 이제 매형도 없는데 애들 무리해서 공부시키지 말고
직업 교육 같은 거 시켜
이 녀석들 성적도 안 좋잖아

애들 생각도 있잖아
어렵다고 그럴 수는 없지

엄마 말을 듣고 답답한지 삼촌들은
장애인들이 하는 일 이제 배워야 할 때가 되었다고
더 늦지 않게 안마나 그런 거 가르쳐야 먹고산다고
장애인은 장애인이 하는 일 배워야
장애인 세계에서 자리 잡고 산다고
그게 현실이라고 말한다

장애인은 장애인답게 살아야 한다고

걱정해 주는 마음 잘 아는 엄마는 삼촌들 이야기에
그저 고개를 끄덕이면서도
그래도 그래도 아직은 괜찮다고 하는데

듣고 있던 내가 괜히 화가 나서
장애인이 장애인 세계에서 하는 일만 하면
장애인이 장애인을 위한 직업만 가지면
다음에 태어날 장애아들에게
어떻게 희망을 가지라고 말할 수 있겠어요

장애인은 장애인답게 살아야 한다고 강요하는 나라가
그게 나라냐고
그게 사회냐고
큰소리로 말했다

삼촌들이 내 말에 깜짝 놀라면서

아니, 니네들 걱정해서 해 주는 말인데 왜 역정을 내냐
고 하자
옆에 있던 동생이
저희 밖에 나가서 뛰다 올게요 하면서
나를 붙잡아 끌고 나왔다

형도 알면서, 오늘 명절이잖아
동생이 하는 말이었다

그해 명절도 그렇게 우리에게 왔다가 갔다.

분석력과 센스

형, 우리가 왜 힘든지 알아?

— 집안 형편이 어려워서 그렇지

아니, 그거 말고 공부하는 거에서

— 그럼 뭐?

우리가 이렇게 힘든 건 눈이 애매하게 나빠서야

— 우리가 저시력이라서 힘든 거라고?

그렇다니까. 시력이 멀쩡하거나 아니면 아주 안 보이면 공부에 대해 이렇게 걱정할 필요가 없어

— 그런가? 하긴 아예 안 보이면 다른 공부를 하긴 하겠다

맞아, 바로 그거야. 애매하게 보이니까 이것도 저것도 못 하고 어디에도 끼지 못하는 거야

— 와, 우리 동생. 너 분석력 좋다. 그런 머리면 이과 가도 되겠다. 너 이과 가라

아, 정말 할 수 있는 리액션이 그거밖에 없어. 형! 내 눈으로 이과를 어떻게 공부해!

말해야 입만 아파. 아, 정말 답답해! 짜증이 나 미칠 것 같아!

— 차라리 이럴 땐* 라면이나 먹자.

오, 물타기 잘한다 형. 그런 센스라도 없었으면 살기 더
힘들었을 거야.

그러나 동생아, 네가 말한 건 나도 잘 안단다.

그걸 안다고 해도 지금 우리가 할 수 있는 일이 달라지
는 게 없어서

나는 다만 내가 할 수 있는 걸 해 보려 할 뿐이야.

* 쿨의 노래 「운명」에서 빌려 옴.

잠수함 우리집의 항해 일지

현재 위치, 특이한 변화 없음. 심해의 바다는 오늘도 다행히 고요했음. 여기는 밤의 심해를 항해하는 반지하급 소형 잠수함 '우리집' 호. 소나수*는 낡은 이층 침대에서 불침번을 서며 항해 일지를 기록하는 중. 물고기들은 은하에서 내려오는 별빛들의 세례를 받으며 물결 속에서 잠자는 중. 우주는 바다를 탐색하며 물고기들의 잠꼬대를 듣는 중. 별들의 소나는 아직도 따뜻함. 바다의 체온은 여전히 차가움. 잠항 중인 잠수함들 다수. 생존이 늘 인사임을 잘 알기에 조용히 침묵함. 우리는 바다에 아무것도 쓰지 않고 아무것도 남기지 않았지만 그것이 바로 잠수함의 항해법. 오늘도 무책임 함장은 귀함하지 않았음. 몇 년째 귀함하지 않았지만 승조원들은 모두 무사함. 가끔 부채 어뢰를 발사하는 무슨무슨 캐피털급 핵 잠수함을 만나면 격렬한 전투를 벌이기도 함. 그 외에 예상치 못한 해역에서 강력한 수압에 함정 전체가 찌그러질 것 같은 날도 있었지만 우리는 살아남았음. 나는 포기를 모르는 잠수함 우리집의 승조원.

* 소나(sonar)는 음파 탐지기를 말하며, '소나수'는 수중 음파를 듣는 병사를 가리키는 말임.

승리의 날에도 침묵의 함성을 지르며 기뻐할 뿐. 가끔 이 심해를 벗어나 잠망경을 올리고 싶지만, 아직 이 바다의 표면까지 부상하지 못했음. 매일매일 항해 일지는 차가운 무한의 바다에서 미래를 향해 쓰임. 현재 위치. 하루. 하루. 이상 항해 일지 끝.

제4부

내리막
우리 집

신학기 진학 상담

— 우리 엄마 2

어머니가 담임과 대판 싸우셨다
새 학기 인사를 간 자리에서
담임은 어머니에게
당신 아들은 공부도 못할뿐더러 눈도 나쁘니
대학은 절대 갈 수 없다고 했단다
어머니는 그런 담임에게
부족한 아이 잘 가르쳐서
희망을 가지도록 만드는 게
선생이 해야 할 일이 아니냐고 하셨단다
세상에 그런 깡은 어디서 나오는 거냐고
봉투 하나도 안 가져오고 그런 얘기가 나오냐고
소리치는 담임에게
어머니는 너는 선생도 아니라고
없는 돈에 사 가지고 간 주스까지 도로 챙겨 들고 상담
실을 나갔다고
담임이 나를 불러 화를 낸다

너네 집 뭐 하는 집안이냐 고래고래

너 교문 지날 때 뭐 보니 고래고래
누구는 벤츠 캐딜락 타고 등교할 때
너는 걸어서 오잖아
네가 걔들하고 경쟁해서 대학 갈 수 있다고 생각하냐
눈도 병신인 주제에
네가 주제를 모르니까 성적이 그따윈 거야 고래고래

고래고래
고래, 고~래, 고래~~
나는 그 소리들 속에서 엄마의 당당한 뒷모습을 상상했다
담임의 고함 속에서 엄마의 모습이 더 자랑스럽게 느껴
졌다

분을 못 이기고 씩씩거리는 담임에게
한번 해 보겠습니다, 짧게 대답하고
운동장으로 뛰쳐나왔다

이제부터는 엄마를 위해 내가 싸워야 할 시간만이 남아

있다.

용기는 어디서 나오는 걸까

— 우리 엄마 3

농담으로
담임에게 그냥 촌지 주지 그랬냐는 내 말에
조용히 가방을 싸시는 어머니
매서운 눈초리로 나를 부르신다

너. 그런 생각으로 세상 살 거면 당장 나가라고
가방을 내주신다

저런 용기는 어디서 나오는 걸까
언제 봐도 우리 엄마는 대단하다.

강냉이 교실

하굣길 사거리 횡단보도
뻥튀기 장수의 커다란 봉투 속 강냉이들

눌러눌러눌러눌러눌러
더눌러더눌러더눌러더
꾹꾹눌러꾹꾹눌러꽉꽉
누르지마누르지마누르
지마누르지마누르지마
숨막혀숨막혀숨막혀숨
막혀숨막혀숨막혀숨이

강냉이를 바라보는 흐린 내 시선 안에서는
교실 밖에 있는데도
교실의 세계가 이어지고 있었다

지나가는 할머니 한 분 멈추더니
꼬깃꼬깃한 지폐를 건네며 말을 건다

위 것은 바람 들어 맛없옹께
깊이 손 넣어 한 소쿠리 주소

강냉이들 사이로 깊이 소쿠리를 넣고
알알이 알알이 뒤집어 가며
한 봉지 퍼 담는 뻥튀기 장수 아주머니
그사이
강냉이들이 내는 소리에
밖에까지 이어져 나온 교실이
와르르 무너진다.

교과서를 믿어 보기로 했다

뉴스를 검색해 보면
수능 만점자들은 교과서 위주로 공부했다고 한다
그 뉴스에 달린 덧글에선
그게 말이 되는 얘기냐고
고액 과외도 받고 학원에서 문제 풀이도 하고
다 했을 거라고 했지만
나는 그 말을 믿어 보기로 했다
엄마의 월급으로는 과외도 받기 어렵고
학원도 다니기 힘들었다
나에겐 나를 믿는 방법밖에 남아 있지 않았다
과외도 받고 싶고
학원도 다니고 싶었지만
밤늦게 부업까지 하는 엄마를 보고
꾹 참았다
아무리 어려운 순간에 처하더라도
좌절하지 말아야 한다고
친구들에게 말할 때마다
너는 항상 도덕 교과서 같은 말만 한다고

핀잔하는 친구들의 말이 떠올랐다
희망은 그렇게 비웃음을 받는 것에서 비롯되는 게 아닐까
친구들이 아무도 만점자의 말을 믿지 않을 때
나는 그 말이 와닿았다
나도 할 수 있을 것만 같았다
나도 교과서를 믿어 보기로 했다.

언어 영역의 비법

문제집을 열심히 풀고 있는데
동생이 궁금한 듯 묻는다

형은 근데 언어 영역 지문을 어떻게 그렇게 빨리 읽어
난 그렇게 빨리 안 읽히던데
비법이 있어?

음, 그런 건 없고
무협지 읽듯이 읽어
누구랑 누구랑 싸울지
누구랑 누구랑 사귈지
그런 거 생각하면서
그럼 앞으로 무슨 일이 생길지
궁금해서 빨리 읽게 돼

아, 진짜 도움이 안 돼
언어 영역 지문은 전혀 궁금하지 않잖아!

최고의 노트

수업 시간에 졸던 경후가
노트를 빌려 달라고 했다
다른 친구들은 내 노트에 관심이 없었는데

눈도 나쁘고 성적도 평범한 내 노트를 빌려 달라고 하는 걸 보고
친구들은 경후가 이상하다고 생각했다.

너 속기사처럼 선생님 말씀 다 적는 거 봤어
수업 때 졸아도 네 노트 보면
그날 배운 거 다 알겠더라

선생님이 칠판에 판서한 것을 가리키며
이것은 저것을 말하는 거죠, 하신
내게는 내용이 없는 설명을
노트에 먼저 적어 두고
녹음한 수업을 반복해 들으며
교과서와 자습서에서 내용을 찾아

퍼즐 맞추듯 정리해 둔 내 노트
친구는 그 노트를 보며
너 참 대단하다고 했다.

내가 아는 한
최고의 노트는 네 거야

시험 때만 되면 친구들이
노트를 빌려 달라고 하는 일이 생긴 건
모두 경후 때문이었다.

커닝이라니

2학기가 시작되고 본 첫 모의고사 성적이 나온 날
담임이 내게 성적표를 주려다 잠시 멈칫했다.

담임이 왜 그랬는지 성적표를 보고 알았다
옆자리에서 궁금한 듯 내 성적표를 흘깃 보던 친구가
와. 이거 실화냐
바닥이던 놈이 몇 등급을 올린거야 하자
반 친구들의 관심이 내게 쏠렸다

점심시간에 급우 몇몇이 모여
내가 커닝을 해서 성적을 올렸을 거라고 수군댔다

커닝이라니
커닝이라니

그때 우리 반 1등 진수가 일어나 소리쳤다

눈이 나쁜 친구가 시험을 잘 봤으면

대단하다고 해야지
커닝했다고 수군거리는 게 잘하는 거라고 생각하냐
너희들 저런 시력으로 커닝할 수 있다고 생각하면
한번 해 봐
말이 되는지

아이들은 아무도 진수의 말에 반박하지 못했다.

엄마가 해고되었다

엄마가 해고되었다
회사가 넘어가면서 새로 부임한 사장이
강력한 구조 조정을 내세우면서
제일 먼저 손을 댄 곳이 구내 식당이었다
아무 잘못도 없는 엄마를 내쫓으려고
회사는 그간 엄마가 어디서 봉투 좀 받은 것 없나
사람을 시켜 알아보았다
거래처에서 덤으로 준
부식으로 누군가를 도와주는 것을 모르는
그 사람은 엄마가 부식을 빼돌린다고
회사에 보고했다

엄마는 내 목에 칼이 들어와도
그런 일 한 적이 없다고 했지만
사장은 믿지 않았다

나중에 다시 알아본 사장은
엄마 말이 틀리지 않다는 것을 알게 되었지만

이미 엄마를 해고하기로 결정한 뒤의 일이었다

미안하다고 말하는 사장의 무릎을 시원하게 걸어차고
너 나 잘랐으니까 여기까지만 해라
식당 아주머니들까지 손대면 가만 안 둘 줄 알아
아파서 무릎을 붙잡고
눈물을 찔끔대는 사장을 두고
사장실 문을 박차고 나왔단다
그렇게 엄마는 회사를 나왔다

그날 식당 앞에는 기사 아저씨들과 조리실 아주머니들
이 나와
떠나가는 어머니를 눈물로 배웅했다.

병원에서

엄마는 해고를 당하고 난 뒤 아무렇지도 않게 잘 버티더니
내가 수능을 보고 난 다음 날 아침
피를 토하고 앰뷸런스에 실려 갔다
신경성 위궤양으로 일주일은 넘게 입원해야 한다고
의사 선생님이 말씀하셨다

누가 보면 엄마가 수능 본 줄 알겠다고
타박하는 내 눈도 못 맞추고 엄마는 병상에 누워 있었다

며칠 뒤 엄마에게 병문안 온 아저씨가 있었다
엄마가 앰뷸런스에 실려 가는 걸 본 분들이
하는 이야기를 우연히 듣고 찾아왔다는데
엄마가 다니던 회사의 버스 운전기사 아저씨였다

엄마가 어떻게 알고 왔나고 묻자
꼭 와 봐야 할 거 같아서 왔다고
음료수 박스를 내려놓고는 머뭇머뭇하다가
얼른 나으셔요 하고 병실에 채 몇 분도 못 있고 나가신다

아저씨 뒤를 쫓아 나와 고맙다고 인사를 하니
예전 일이 고마워서 찾아왔다고 말씀하신다

교통사고를 내고 병원에 누워 있을 때
김 주임님이 찾아오셨어요.
찾아와 주신 것만도 고마웠는데
맛있는 떡까지 쪄 오셨다고
아무도 찾아오지 않던 병상에서
그게 너무 고마웠더라고
퇴원 후에도 여러모로 챙겨 주셨는데
소식 듣고 안 올 수가 없었다고

엄마에게 들어 보니
밥투정이 심한 아저씨였다는데
그러니까 마누라가 집에서 나가지
밥도 지 손으로 못 해 먹으면서 반찬 가리면 안 된다고
따끔하게 혼내면서도

어디 가서 밥 한술 못 얻어먹을까 봐
사고 내고 바로 복직이 안 될 때에도
회사 식당에서 몰래 밥을 먹고 가게 해 주었단다

누군가를 일으켜 준 적 있었기에
이렇게 찾아와
엄마를 일으켜 세워 주는 사람들이 있는 거구나

그런 엄마가
병상에서 곧 일어날 것만 같아서

나는 아무렇지 않아졌다.

퇴원하는 날

병원비를 어떻게 내야 하나
엄마 입원 기간 내내 속앓이를 했는데
문병 온 분들이 내 주머니에 찔러 준
봉투들을 열어 보니
병원비를 내고도 한 끼 밥값이 남았다

우리 엄마 힘들게 살았어도
잘 살았구나
내 가슴이 다 뿌듯해졌다

동생과 나는 엄마의 퇴원 물품을 챙겨 가지고 나와
병원 건너편 감자탕집에 가서
얼큰한 감자탕을 시켜 먹었다

가족 모두 땀을 뻘뻘 흘리며
눈물 콧물 흘려 가며
엄마의 퇴원을 축하해 주었다.

대입 면접

학생은 학문하는 게 우습나요
학생은 불구인데
대학 와서 제대로 공부할 수 있겠어요.

교수님의 질문을 듣고 어이가 없었지만
그동안 별의별 사람을 다 만나 왔기에
당황하지 않고 대답했다.

교수님,
대한민국 입시가 쉬운가요?
교수님 말씀대로 제가 불구인데,
어떻게 이 자리까지 와서 면접을 볼 수 있을까요?
칠판의 글씨도 안 보이는데
제가 대입 시험을 어떻게 잘 볼 수 있었을까요?

교수님은 얼굴을 붉히며
학생, 좀 당돌한 성격인가 보군요
하더니

이게 면접이다 보니 압박 면접을 본 거라며
그렇게 말하는 자세는 좋지 않다고 말하는 것이었다.

나는 교수님의 말씀을 다 듣고 한마디 덧붙였다
그리고 저는 불구가 아닙니다. 시각 장애인일 뿐입니다.

면접실을 나왔지만 마음이 편치 않았다.
대학이라고 해서 다를 게 없겠구나 싶었지만
지금까지 살아가며 하루하루 쌓아 온 시간이
나를 지탱해 주고 있었다.

내가 살아 낸 희망은 불구가 아니었으므로.

먼

대입 면접을 보고 돌아오는 길
오래 만나지 못한 친구의 목소리가 듣고 싶은데
그 친구의 목소리가 기억나지 않는다
귀는 곁을 떠난 것을 빨리 잊는다
다른 누군가의 목소리를 위하여 귀는 늘 열려 있어서
기억 속의 목소리들은 멀어지는 걸까
친구의 목소리를 머릿속에 떠올려 보려 해도
떠오르지 않아 슬퍼진다
그러다 친구와 함께 부른 노래가 생각나
가만히 노래해 본다

노래를 부르는 내 목소리를 따라
친구의 목소리가 흘러나온다
친구의 목소리가 내 목소리와 듀엣을 이루어 노래했다

친구의 목소리는 내 속으로 흘러 들어와 있어
곁에 있지 못했나 보다.

담임이 전화했다

담임이 전화했다
엄마 입원해서 학교에 가지 못할 때도
전화 안 하더니

전화해서 느닷없이 소리를 지르면서
야 이게 말이 되냐 너 붙었어
너 붙었다고
너 K 대학 붙었다고
정말 축하한다고
자기 할 말만 하고 전화를 끊었다

나는 그저 네네
네네 대답만 하고 수화기를 내려놓았다

엄마가 누군데 전화를 그렇게 받냐고 묻길래
담임이라고 하니
담임이 전화도 하냐고 되묻는다
응, 대학 붙었다고 전화했네

엄마가 와락 안아 주었다
축하해. 그래도 선생이라고
엄청 좋았나 보다
그렇게 안 될 거라고 달달 볶더니
되면 지도 좋아할 거면서

엄마, 나 대학 가면 교사 평가 좋아져서
저러는 거야

좋네. 우리 아들이 나쁜 선생 좋은 담임 만들어 주어서
우리 아들 앞으로도 잘될 거야

엄마는 내 속도 모르고 또 오늘도 바른말만 한다.

진짜 가족

— 그 녀석 어리숙해서 찌질하게 살 줄 알았더니
대학도 가네
근데 대학 등록금은 어떻게 해

성적이 좋아서
등록금은 장학금으로 할 수 있대

— 잘됐네
근데 누나 서운하게 생각하지 말고 들어
애들 그렇게 공부해서 대학 나와도 갈 데 없어
여기 한국이야
녀석들 보니까 다들 근성도 있고 그러데
더 열심히 해서 미국이나 어디 다른 나라 대학
장학금 받으면서 다닐 수 있는지 찾아보라 그래
장애 있는 애들은 외국 가야 그래도 살 수 있어
나도 도와주고 싶은데 능력이 없어서
이런 얘기나마 하는 거야
미안해 누나

아니야. 그렇게 얘기해 줘서 고맙다

엄마와 삼촌의 통화를 엿듣다가
괜히 나도 가슴이 먹먹하다

매번 엄한 말로 혼내던 삼촌의 마음이 어땠는지
이제 조금 보인다
그러고 보니
우리 가족 진짜 가족이다.

선생과 제자

졸업식 날
담임은 졸업장을 나눠 주며
한 사람씩 악수를 했다

졸업 축하한다, 같은 말만 되풀이하는 담임
언제나 그랬듯이 졸업식 날에도 담임은 담임이었다
내 차례가 왔다
담임이 내 손을 힘주어 잡았다
어라, 담임이 이상하다
몇 번을 천천히 흔드는데 말을 잇지 못하는 거다
왜 눈은 붉히고 그러는지

졸업 축하한다, 대신 담임은
앞으로 세상이 네 편을 들어 주지 않더라도
지지 말고 지금처럼 당당하게 살아라
진짜 선생님처럼 말했다

나는 그의 제자이니 미소 지으며 대답했다

감사합니다, 선생님
선생님 살아온 것 부끄럽게 느껴지시도록
앞으로도 열심히 살겠습니다.

내리막 우리 집

우리 집은 내리막에 있었다
엄마는 우리 집이 반석 위에 지은 집이라
작고 초라한 연립 주택이어도
좋은 집이라고 말하곤 했지만
한겨울 눈이 내리면
대형 마트 배달 트럭도 올라오지 않는 곳
친구들이 가끔
아주 가끔 집에 놀러 왔다가
돌아가는 길에
너는 겨울에 눈썰매장 안 가도 되겠다고
학교 가는 길이 내리막이라서
늦게 일어나도 빨리 갈 수 있겠다고
재미로 하던 말에도 상처받던 날들
이웃 어른들이 오르막에 있어서 수해는 안 입겠다고
언덕 위의 집이 좋은 집이라고 다독여 주어도
내리막에 지은 집만 같던 우리 집
마음속으로 아무리 강한 척해 보아도
올려다보면 올려다볼수록 내리막으로만 보이는

집으로 가는 길
졸업하고 돌아오는 길에
올려다본 집 앞
언덕길을 다 올라
집 앞에 서 보니 가파른 내리막에서도
어디로 흘러가지 않고
꿋꿋하게 서 있는 집이 다르게 보였다
나는 낡은 가방을 메고
두꺼운 졸업 앨범을 들고
겨울바람을 맞으며 집 앞에 섰다
단 한 번도 흔들림 없이 그 자리에서
나를 기다려 주는 우리 집
내리막 우리 집은
집 앞의 내리막을
끌어다가 하늘과 잇는 곳에 서 있었다.

좋은 친구를 사귀었다고

박소란 시인

내게는 친구가 많지 않다. 친한 사람을 대 보시오, 하면 손가락으로 겨우 꼽을 수 있는 정도다. 아…… 이런 삶에 별다른 불만이나 불편이 있는 건 아니지만, 그래도 가끔은 '인싸'가 부럽다. 인기가 많아서? 잘 놀아서? 아니면 그냥 폼 나니까? 그보다는 인싸 친구들이 가진 구김 없는 성격이 제일로 탐난다. 자연스럽고 편안하게 사람을 이끄는 매력이랄까. 그 특유의 친화력은 우리로 하여금 곁으로 다가가 이런저런 이야기를 재잘거리게 만든다. 웃게 만든다. 대체 비결이 뭐야? 이 시집 속 '나'에게도 한 번쯤 묻고 싶다.

편의상 '나'를 '학중'이라 칭하기로 하자. (반가워, 학중!) 학중은 공부나 운동을 뛰어나게 잘 하는 것도, 그렇다고 다른 별난 특기가 있는 것도 아니다. 끼가 많다거나 잘 논다거나 유머 감각이 탁월한 것도 아닌 것 같다. 좀체 어떤 특별함이 있는 것 같지 않다. 그러나 조금만 자세히 들여다보면 학중이 얼마나 특별함으로 가득한 아이인지 알게 된다. 어떤 상황에서도 쫄지 않고, 불의에 적당히 타협하거나 물러서는 법이 없다. 할 말은 끝내 하고 만다. 그런 한편 옆에 있는 이에게는 늘 먼저 다가가고 먼저 마음을 열고 먼저 이해하고 먼저 용서한다. 어려울수록 더 끈질기게 희망을 떠올린다.(학중, 대체 넌 정체가 뭐니?)

학중에게는 차츰 여러 친구들이 생겨나는데. 연서, 진솔, 소미, 석이⋯⋯. 하나같이 사려 깊은 친구들이다. 학중은 그들을 좋아하고, 그들 또한 진심으로 학중을 좋아한다. 있는 그대로의 학중을 아낀다. 그런 학중과 친구들의 모습을 지켜보고 있자면 어느샌가 나도 그들 속에 들어가 있는 기분이 든다. 시집을 한 권 펼쳐 들었을 뿐인데, 뜻밖의 선물처럼 좋은 친구, 친구들을 만난 기분.

그렇게 친구가 된다

"친구와 우산을 던지는 장난을 치다가 / 뒤로 우산을 던진 여학생이 있었지 / 나는 우산을 피하지 못하고 그대로 맞았는데 / 당황한 너는 아무 말도 못 하고 가만히 있었지 / 바닥에 떨어진 우산을 주워 건네주자 / 미안해라고 작게 말하던 너."(「그 여름 처음 만난」) 학중은 그런 아이다. 던져진 우산을 피하지도 못하고 그대로 맞았으면서도, 화를 내거나 얼굴을 찌푸리는 대신 바닥에 떨어진 우산을 직접 주워 건네주는 아이. 그렇게 우정을 시작하는 아이.

수업 중 뇌전증 발작을 일으킨 진솔이가 "몸을 떠는 동안 / 보이고 싶지 않을 모습을 가려 주려고" 담요를 빌려 진솔이의 몸을 덮어 주는가 하면(「응급 상황」), 등교 대신 땡땡이를 택한 소미에게 "어디 재밌는 데 가려면 나도 데려가라"고 넉살을 떨기도 한다. "나 애자까지 챙길 힘 없다. 그냥 가라"는 소미의 매서운 응대에도 서운한 내색 한 번 없이 "그래? 그럼 나 따라와. (…) 우리 봄날의 호수 공원에 가지 않을래?" 손을 내민다(「버스를 잘못 탄 날 2」). 권투 글러브를 들이밀며 결투를 신청한 석이와는 싸우기는커녕 금세 친해진다. 놀랍게도 "결투를 위한 선물"을 우정의 선물로 받아안는다(「권투 글러브」).

그리고는 급기야 자신의 가장 오랜 아픔마저 기꺼이 친구로 삼아 버리는 것이다.

일 층에서 반 층 내려가 후문으로 가는 문
그 아래 계단이 반 개
하나 같지 않은 얕은 계단이라
반 개

나는 중심을 잃고 휘청한다
고개를 낮추고 인사를 나눈다

이제 괜찮다 두려울 것이 없다
오늘은 이렇게 낯설어도
계단 수를 외우면
건물은 친구가 된다.

─「입학식」부분

　맞다. 학중에게는 장애가 있다. 선천적 저시력 장애. 같은 장애를 가진 동생과 이따금 "우리가 이렇게 힘든 건 우리 눈이 애매하게 나빠서야 / ─ 우리가 저시력이라서 힘든 거라고? / 그렇다니까. 시력이 멀쩡하거나 아니면 아주 안 보이면 / 공부에 대해 이렇게 걱정할 필요가 없어 / ─ 그런가? 하긴 아예 안 보이면 다른 공부를 하긴 하겠다 / 맞아 바로 그거야. 애매하게 보이니까 이것도 저것도 못하고 어디에도 끼지 못하는 거야"(「분석력과 센스」) 하는 식의 대화를 나누곤 하는 학중에게 세상은 어려운 것들 투성이다. "평지인 줄 알았는데 / 길에 / 낙차가 있었다"거나, 그래서 "쿵 소리가 나게 떨어"지면 너무 아픈 나머지 "눈물도 나지 않는다"거나(「자유 낙하」), "하얀 종이 위의 하늘색을 보지 못하는데 / OMR 카드가 하늘색으로 프린트되어 있"어 답안지를 채우지 못한다거나(「나머지는 하늘의 일이다」) 하는 식이다.
　일상 곳곳에 도사린 불편보다 학중을 더 고생스럽게, 고통

스럽게 하는 것은 평범을 가장한 우리 사람들의 무례한 시선과 폭력적인 언행일 것이다. "너 이 자식. 일부러 안 보이는 척하는 거 아니야?"(「선생님, 꼭 안과에 가 보세요」) 다짜고짜 화를 내고, "당신 아들은 공부도 못할뿐더러 눈도 나쁘니 / 대학은 절대 갈 수 없다"(「신학기 진학 상담」)고 어머니를 불러 못 박는 학교 선생님과 "학생은 불구인데 / 대학 와서 제대로 공부할 수 있겠어요."(「대입 면접」) 쏘아 대는 면접 고사장의 교수님. 시력 검사를 하러 간 병원에서는 어떤가. 깜박이지 말고 "가만히 있어"만 연발하는, "조금만 더 보면 된다고 / 조금만 참으라고 / 특별한 케이스라 / 의사들에게 공부가"(「특별한 케이스」)된다고 태연히 요구하는 의사 선생님까지…….

　이런 이야기를 듣다 보면 요즘도 이런 몰지각한 사람들이 있다니? 그것도 학교나 병원 같은 공공 생활 현장에서? 고개를 갸웃거리게 되지만, 아다시피 현실은 우리의 예상을 훨씬 밑도는 경우가 많다. 학중처럼 장애를 가진 친구들의 삶은 예나 지금이나 별반 달라지지 않은 듯하다. 그런 사실조차 인식하지 못하고 태평했다는 게 새삼 부끄럽다. 길을 걷다 우연히 휠체어를 탄 외국인을 만난 날, "한국의 거리에서 왜 장애인들을 볼 수가 없죠?" 하고 그가 "무서운 질문"을 던지자 학중의 친구들은 일시에 당황한다. 나 또한 마찬가지, 이렇다 할 대답을 찾지 못한 채 그저 쓴웃음을 지을 수밖에. 그러나 고맙고 다행스럽게도 학중은 성숙한 아이다. "반갑습니다 / 저는 한국의 시각 장애인입니다" 인사한다. "그러자 그가 환하게 웃으며 악수를 건넸"(「무서운 질문」)던 일.

아픈 서로가 서로를……. 함께 살아가는 우리

무엇보다 나는 학중의 당찬 면모에 자주 감탄한다. "이제 괜찮다 두려울 것이 없다"(「입학식」)는 그 애는 언제 어디서나 자신의 "중심"을 지켜 낸다. 특히, 일상 속 장애인이란 이유로 부당한 일을 당할 때. "더 늦지 않게 안마나 그런 거 가르쳐야 먹고산다고 / 장애인은 장애인이 하는 일 배워야"한다고, "장애인은 장애인답게 살아야 한다고" 말하는 삼촌들 앞에서도 학중은 주춤거리는 법이 없다. "장애인은 장애인답게 살아야 한다고 강요하는 나라가 / 그게 나라냐고 / 그게 사회냐고"(「그해 명절」) 목소리를 높이고, "나한테 침을 맞고 건강도 찾고 / 시력도 찾으라"는 돌팔이 한의사에게 "아픈 사람들 그만 속여 먹어요!" 호되게 질타한다. 그것도 "엄마가 놀랄까 봐 화는 내지 못하고 / 자꾸 귓속말을 하는 아저씨에게 / 나도 귓속말로 조용히"(「아픈 사람 그만 속여 먹어요」) 말이다. 시종 진지한 표정과 날카로운 눈빛의 이 어린 투사 앞에 어떤 어른이 군말을 덧붙일 수 있을까. 뭐라고 때아닌 훈계를 늘어놓을 수 있을까.

넌 내가 너 애자라 싫다고 했던 거 몰랐니

— 아니, 그 얘기 들어 알고 있어. 전에 버스에서는 직접 말하기도 했잖아.

아. 그랬지. 미안. 그런데도 날 도와준 거야? 쌤이 때릴 줄 알면서도?
— 무슨 소리야. 전에 네가 무슨 말을 했든, 네가 부당한 일을 당하고 있었잖아. 도와주는 게 당연한 거지.

왜? 무섭지 않았어?
— 친구잖아. 돕는 일이 무서운 게 이상한 거지.

그 동안 미안했어. 너 애자라고 놀린 거. 용서해 줄래?
— 그럼. 우린 친구니까. 너의 사과를 기쁘게 받을게.
                              —「친구잖아 — 소미의 일기3」 전문

이 한결같이 씩씩하고 야무진 아이가 가장 자주 하는 말은 아마도 "우린 친구니까", "부당한 일을 당하고 있었잖아. 도와 주는 게 당연한 거야" 같은 것일 테다. 부당한 모든 것들 앞에 바로 서서 스스로를 지킬 줄 아는 학중은 자신 곁의 사람들이 처한 어려움 또한 간과하지 않는다. 어쩌면 학중은 장애로 인해 자연스레 터득해 버린 것인지도 모르겠다. 서로 도우며 삶을 일구어 내는 방법을. 자신의 아픔으로부터 자연히 타인의 아픔으로까지 가닿는다는 것. 그 모두를 끌어안는다는 것. 이런 깊은 마음은 전염성이 강한가 보다. 어느새 학중을 둘러싼 친구들 역시 아픈 서로가 서로를 다독인다. 뇌전증 때문에 놀림을 당하는 진솔이를 소미가, 하굣길 만원 버스에서 추행을 당하는 소미를 진솔이가.

> 소미야 많이 놀랐지 하며
> 손을 꼭 잡아 주는 진솔이를 바라보다
> 너는 괜찮냐며 너 놀라면 안 되는 거 아니냐며
> 왈칵 진솔이를 안아 주었다
> 자기가 쓰러질지도 모르는데도
> 나를 위해 나서 준 진솔이가 너무 고마웠다
> 왜인지 자꾸 흘러나오는 눈물을
> 서로 닦아 주는데
> 버스는 아무 일 없었다는 듯
> 다음 정거장으로 가고 있었다.
> ─「만지지 마세요 ─ 소미의 일기 1」 부분

이토록 애틋한 연대. "나 너희랑 친구여서 정말 행복했어 / 우리는 모두 울컥했다 // 서로 떨어진 곳에서 / 힘든 일을 겪더라도 / 우리의 기억이 서로를 지켜 줄"(「마지막 만찬」) 것을 믿는 학중과 친구들의 모습은 훈훈하면서도 어쩐지 애잔하다. 졸업 후 친구들이 만나게 될 사회의 민낯은 여지없이 냉혹할 것이므로. 다만 "우리의 기억"으로써 간신히 스스로를 지키게 될 것이므로.

물론 학중 또한 이 같은 사실을 짐작하고 있다. 그는 이미 세상을 아는 아이인 것이다. "아버지가 집을 나갔다 / 장애가 있는 두 아들 키우기 힘들다고 / 고아원에 보내자고 하던 아버지와 / 격렬하게 싸우던 어머니"(「엄마가 태어난 날 ─ 우리 엄마 1」)가 있고, "아빠라는 말만 들어도 이를 꽉 깨물게 되고 / 엄마라는 말만 들어도 눈에 눈물이 글썽"(「우리는 좀 더 형제가 되어 있었다」)이는 형제가 있다. 그런 그들의 집은 작고 초라하기만 하다. "우리 집은 내리막에 있었다 / 엄마는 우리 집이 반석 위에 지은 집이라 / 작고 초라한 연립 주택이어도 / 좋은 집이라고 말하곤 했지만 / 한겨울 눈이 내리면 / 대형 마트 배달 트럭도 올라오지 않는 곳"(「내리막 우리 집」).

"희망은 불구가 아니었으므로"

하지만 학중이라면 쉽게 지치거나 포기할 리 없다. 하루하루 쌓은 "우리의 기억"은 과거의 한순간이 아니라 여전한 현재임을 믿기에. 구내 식당에서 일하던 엄마가 구조 조정으로 해고되자 "식당 앞에는 기사 아저씨들과 조리실 아주머니들이 나와 / 떠나가는 어머니를 눈물로 배웅"(「엄마가 해고되었다」)하는 모습을 학중은 놓치지 않는다. "피를 토하고 앰블런스에 실려" 입원한 어머니를 병문안 온 "엄마가 다니던 회사의 버스 운전기사 아저씨"의 얼굴을, "누군가 일으켜 준 적 있었기에 / 이렇게 찾아와 / 엄마를 일으켜 세워 주는 사람들"(「병원에서」) 의 얼굴을 소중히 간직한다.

> 겨울바람을 맞으며 집 앞에 섰다
> 단 한 번도 흔들림 없이 그 자리에서
> 나를 기다려주는 우리 집
> 내리막 우리 집은
> 집 앞의 내리막을
> 끌어다가 하늘과 잇는 곳에 서 있었다
>
> —「내리막 우리 집」 부분

학중은 자신을 둘러싼 짙은 어둠보다 그 어느 틈에 도사린 희미한 빛에 보다 감응하는 사람이다. 친구들 손에 이끌려 하게 된 게임에서 "시작과 함께 지고 말았지만 / 나는 거기서 내가 진짜 잃은 것이 / 무엇인지 본 것만 같았다"고 말하는 아이. "잘 보이지 않는다고 해서 / 모든 걸 실패하지는 않는다고 / 그리고 실패한다고 해도 / 시도해야 할 것들이 있다고"(「로스트 템플」). 또한 시력이 좋지 않은 탓에 체육 시간 내내 "친구가 던진 야구공을 타석에서 한번도 맞혀 보지 못했"으면서도 웃으며 놀리는 친구 앞에 "누구나 자신의 스윙이 있다"(「소리를 맞추다」)고 답하는 아이. 이 또한 그가 가진 특별한 능력 아닐까. "살아가며 하루하루 쌓아온 시간"(「대입 면접」) 속에 길어 낸 후천적 능력.

그런 학중이 강조하는 희망에는 묘한 설득력이 있다. 그것이 때로 '교과서적'인 것이라 할지라도. "아무리 어려운 순간에 처하더라도 / 좌절하지 말아야 한다고 / 친구들에게 말할 때마다 / 너는 항상 도덕 교과서 같은 말만 한다고 / 핀잔하는 친구들의 말이 떠올랐다 / 희망은 그렇게 비웃음을 받는 것에서 비롯되는 게 아닐까 / (…) 나도 할 수 있을 것만 같았다 / 나도 교과서를 믿어 보기로 했다"(「교과서를 믿어 보기로 했다」)는 이야기. "희망은 그렇게 비웃음을 받는 것들에서 비롯"된다는 깨달음. 어쩌면 속으로 수차 되뇌었을 오랜 주문. "지금까지 살아가며 하루하루 쌓아 온 시간이 / 나를 지탱해 주고 있었다. // 내가 살아 낸 희망은 불구가 아니었으므로"(「대입 면접」). 희망은 불구가 아니었으므로, 희망은 불구가 아니었으므로…….

이제 남은 건 오늘에서 내일로 걸음을 내딛는 학중을 응원하는 일이다. "포기를 모르는" 그를. 그와 같은 친구와 함께라면 약하고 소심한 내게도 여기 "차가운 무한의 바다"는 견딜 만한 곳이 된다. "현재 위치. 하루. 하루" 최선을 다해 살아 보게 된다.

나는 포기를 모르는 잠수함 우리집의 승조원. 승리의 날에도 침묵의 함성을 지르며 기뻐할 뿐. 가끔 이 깊은 심해를 벗어나 잠망경을 올리고 싶지만, 아직 이 바다의 표면까지 부상하지 못했음. 매일매일 항해 일지는 차가운 무한의 바다에서 미래를 향해 쓰임. 현재 위치. 하루. 하루. 이상 항해 일지 끝.

　　　　　　　　　　　　　—「잠수함 우리집의 항해 일지」 부분

시인의 말

시를 쓰는데 시가 아팠다.

오래전에 우는 아이에게
이 모든 것이 지나가면 괜찮아질 것이라 말했는데
그 아이는 아직도 아파하고 있었다.

울음을 꾹꾹 참고만 있던 그 아이를
내가 먼저 잊고 있었는지도 모르겠다.

오랜 시간이 지나서야 나는
그 아이에게
너는 아무 잘못이 없으니
이제 울어도 괜찮다고 다독이며
위로의 말을 건넸다.

울면 지는 줄 알았던 날들은 가고

안 된다고
너는 안 될 거야라고
뒤에서 웅성거리던 사람들과도
모두 조용한 인사를 나누고
기쁜 얼굴로 헤어졌으니

이제는 울어도 괜찮다고
누구도 네가 약하다고 하지 않을 거라고

언제나 눈물이 조금 고인 눈으로 본 흐린 세상은
배경이 조금 날아간 사진들이 대개 그런 것처럼
밝고 아름다웠으니
다 울고 나면 그때는 웃어 보라고
그리고 그리고 괜찮으면
너의 목소리로 시를 쓰려무나.
나를 내어 줄게.

손을 잡고
더는 아프지 말자
다 내려와서야 고개를 드는
오래전 어린 나의 얼굴을 꼭 끌어안고

우리가 되어 노래를 하자고

시를 쓰고
쓰고 시를 쓰고
고치고 시를 완성하고

여기 아프지 않은 날들로 가는 길을 열어 보자고
그리고 다가올 날의 아이들을 만나러 가자고

시를 쓰다가 여기에 이르렀다.

어느 날 나는 무대 위에 서서 마이크를 잡고 있었다.
지적 장애인 오케스트라의 연주회가 끝난 뒤 축하 인사를 하
는 자리였다.

어떤 이들은 한 곡을 완주하기 위해 한 해를 다 바친다고
이 음악은 사람들이 불가능할 것이라 생각한 일을
자신의 삶을 바쳐 완성해 낸 시간의 노래라고 말했다.

여기의 시들 또한 그렇다고 말하고 싶다.

여기 담긴 시편들의 완성에 많은 도움을 준 사람들에게 감사의 말을 전한다.

힘들었던 시간을 함께 견디며 우리 형제의 든든한 버팀목이 되어 준 어머니께 감사를 드린다. 어머니와 관련된 시들이 어머니께도 위로가 되었으면 한다. 더불어 이 시집에 수록된 여러 시편에 모티브를 제공해 준 동생에게도 고마움을 전한다. 같은 저시력 장애인으로 서로 의지하며 살아온 동생, 이제 어엿한 컴퓨터 공학 박사로 성장한 동생의 성장담이 없었다면 이 시집은 좀 심심했을 것이다. 저시력 장애인 남편을 도와 함께 교정 작업을 해주고 원고가 완성되는 날까지 옆에서 응원해 준 아내에게도 깊은 고마움의 마음을 전한다. 가족들이 아니었다면 이 작업을 중간에 내려놓았을지도 모른다.

이 시집에는 저시력 장애인의 이야기 이외에도 뇌전증 환우의 이야기도 있다. 그들의 이야기는 막내 외삼촌을 통해 접하게 되었다. 삼촌의 도움이 없었다면 뇌전증 환우에 관한 시편들이 세상에 나오기 힘들었을 것이다. 감사의 말씀을 드린다.

안양예고 제자들에게 고마움을 전한다. 제자들의 밝은 모습이 아니었다면 청소년 시라는 것을 써 보겠다는 생각을 하지 못했을 것이다. 지면이 짧아 일일이 다 호명하지 못하는 것을 서운해하지 않기를 바란다.

마지막으로 여기 수록된 청소년 시 초고를 읽고 공감하고 조언해준 동료 시인들, 꼼꼼한 교정으로 원고의 질을 끌어올려준 창비교육 편집부 선생님들께 감사의 마음을 전한다. 이 시집은 2017년 서울문화재단 잠실창작스튜디오 장애인 예술 창작 활성화 지원 사업의 후원을 받아 출간하게 되었다. 경제적인 어려움에 처해 있을 때 창작 지원금이 창작을 이어 나가는 데 큰 도움이 되었다. 감사드린다.

2020년 8월
김학중

창비청소년시선 29

포기를 모르는 잠수함

초판 1쇄 발행 • 2020년 8월 7일
초판 5쇄 발행 • 2024년 7월 3일

지은이 • 김학중
펴낸이 • 김종곤
편집 • 이혜선 박문수
펴낸곳 • (주)창비교육
등록 • 2014년 6월 20일 제2014-000183호
주소 • 04004 서울특별시 마포구 월드컵로12길 7
전화 • 1833-7247
팩스 • 영업 070-4838-4938 / 편집 02-6949-0953
홈페이지 • www.changbiedu.com
전자우편 • contents@changbi.com

ⓒ 김학중 2020
ISBN 979-11-6570-018-8 44810